くるまのなかには？

グルルルルーン、ゆうびんしゃ。

EVERY
JP
POST
日本郵便

ポストの　そばに　とまった。
ゆうびんきょくの　おねえさん、
ポストの　なかみを　とりだして、
くるまに　はこぶ。

くるまの　なかには……？

てがみが　いっぱい！

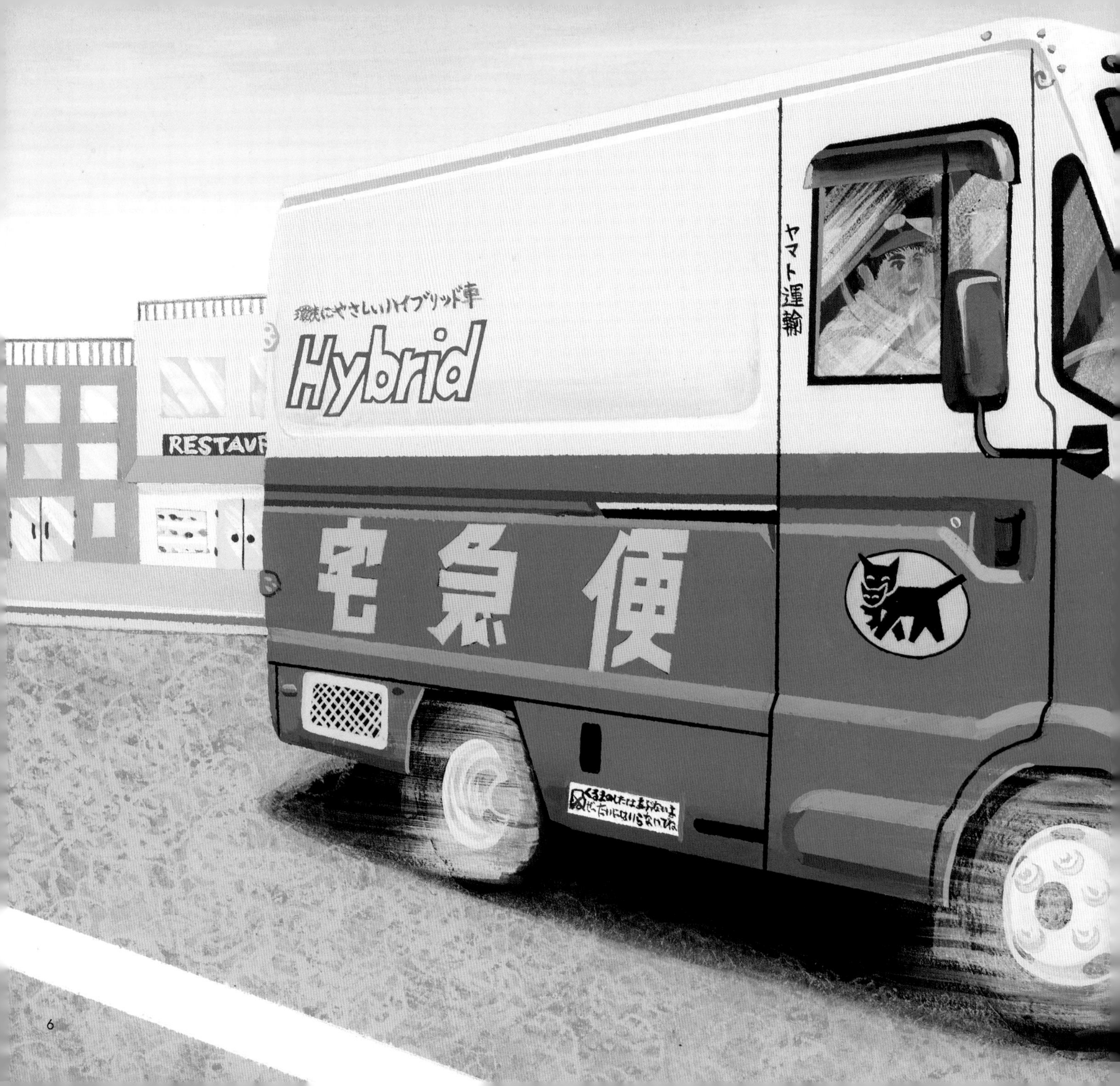

環境にやさしいハイブリッド車
Hybrid
ヤマト運輸
宅急便

ガルルル　ゴーッ、たくはいしゃ。

おうちの　そばに　とまった。
たくはいびんの　おにいさん、
くるまから　はこを　とりだした。

くるまの　なかには……？

環境にやさしいハイブリッド車
Hybrid
環境にやさしいハイブリッド車
Hybrid
急便
横浜100
い80-10

おとどけものが　いっぱい！

FLOWER
GIFT
ORANGE

引越の

ブルルル　ゴーッ、ひっこしトラック。

あたらしい　おうちの　まえに　とまった。
「はい、いきますよ！」「はい、せーの！」
ひっこしの　おにいさんたち、
おおきな　にもつを　もちあげた。

くるまの　なかには……？

引越のサカイ
ISUZU
ELF

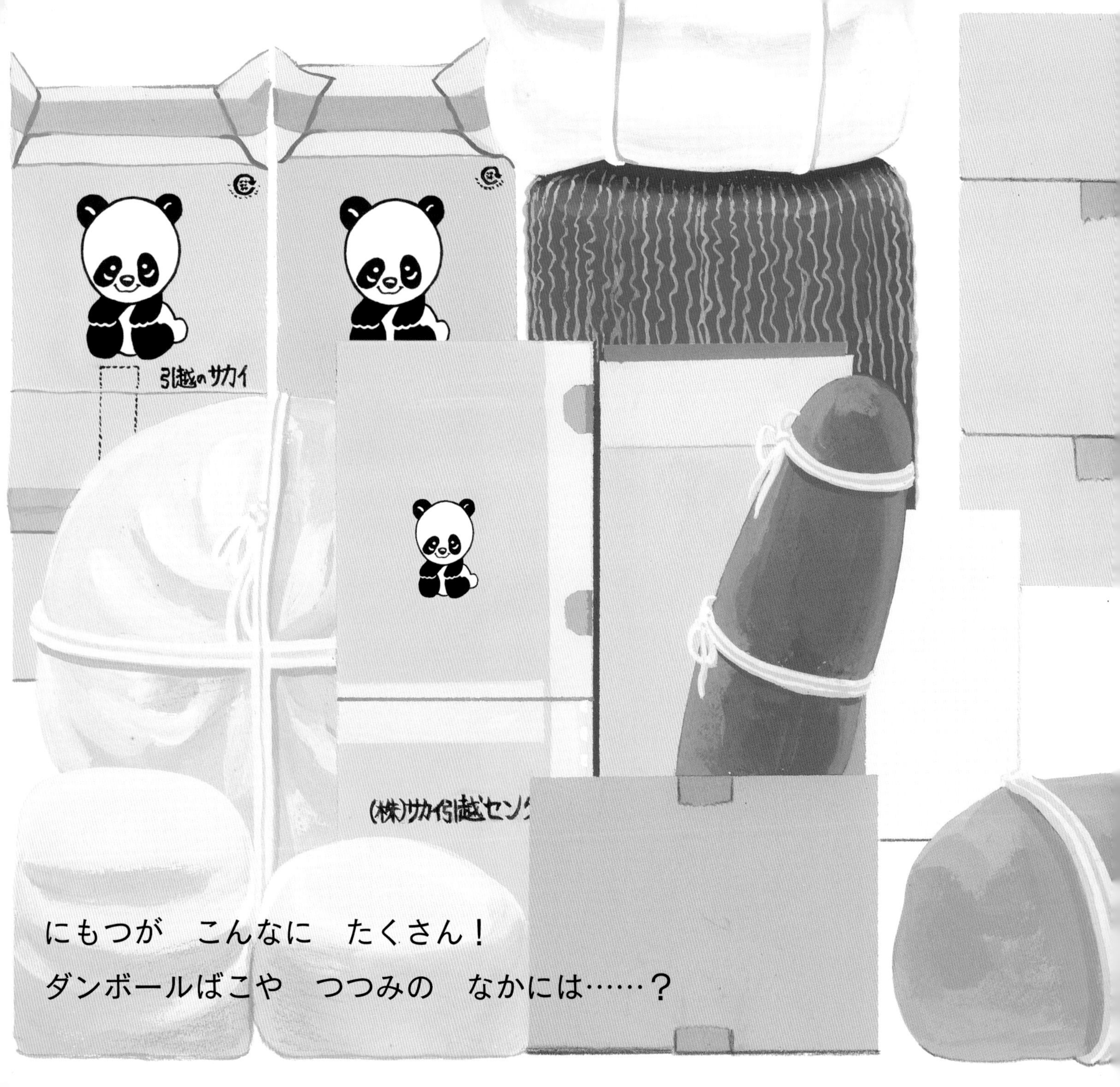

にもつが　こんなに　たくさん！

ダンボールばこや　つつみの　なかには……？

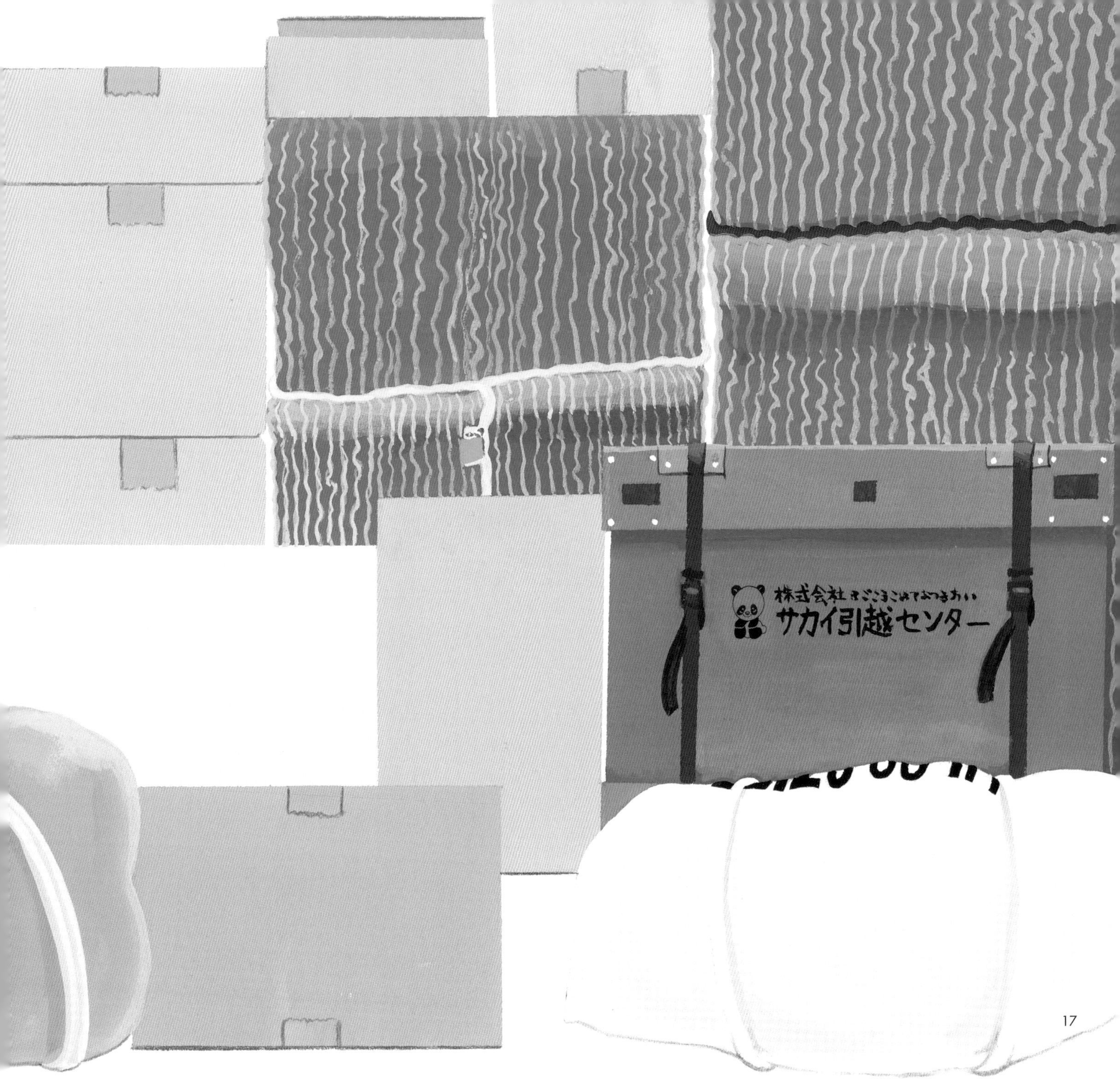
株式会社 まごころこめておつきあい
サカイ引越センター

おうちで　つかうものが
いっぱい！

MIZUKA
MIZUKA

531
江ノ電
鎌倉・江ノ島
アフタヌーンパス
ノンステップバス
531

ブロロロロローッ、ろせんバス。

「ごじょうしゃ
ありがとうございました。
まもなく　しゅうてんです」

バスは　ゆっくりと
えきの　ロータリーへ
はいっていく。

くるまの　なかには……？

ひとが　いっぱい！

OUT OF SERVICE
回送

あのくるまの　なかには……？